从不曾偏离的遇见

王怀志 著

经济日报出版社

图书在版编目（CIP）数据

从不曾偏离的遇见 / 王怀志著. -- 北京：经济日报出版社，2021.1

ISBN 978-7-5196-0752-4

Ⅰ. ①从… Ⅱ. ①王… Ⅲ. ①诗集-中国-当代 Ⅳ. ①I227

中国版本图书馆 CIP 数据核字（2020）第 258508 号

从不曾偏离的遇见

作　　者	王怀志
责任编辑	张　莹
助理编辑	陈礼滟
校　　对	李艳春
出版发行	经济日报出版社
地　　址	北京市西城区白纸坊东街 2 号 A 座综合楼 710
邮政编码	100054
电　　话	010-63567684（总编室） 010-63584556（财经编辑部） 010-63567687（企业与企业家史编辑部） 010-63567683（经济与管理学术编辑部） 010-63538621　63567692（发行部）
网　　址	www.edpbook.com.cn
E-mail	edpbook@126.com
经　　销	全国新华书店
印　　刷	北京荣泰印刷有限公司
开　　本	787×1092mm　1/32
印　　张	9
字　　数	120 千字
版　　次	2021 年 1 月第 1 版
印　　次	2021 年 1 月第 1 次印刷
书　　号	ISBN　978-7-5196-0752-4
定　　价	35.00 元

以自由自在的方式坚持
——自序

人的一生，必然有一些东西是值得怀念的。

生活的感动是其中之一。

人的一生，生活是永恒的主题。有的人追求轰轰烈烈的生活，到了一定的年纪，却一事无成。有的人深感挣扎无用，早早妥协于生活，随波逐流。有的人乐于平静安宁的生活，守着自己那一方小小的天空，闲看春花秋月，任云卷云舒。

我一直都是后者，无大才，亦无大志。我的生活哲学是，该吃吃就吃吃，该喝喝就喝喝，无拘无束。除此之外，也认认真真地坚持一些东西，努力让生活中充满一些感动的细节，我觉得这样的生活就是幸福的，快乐的。

于是，便有了“安静的生活”这一辑。

幸运的爱情是其中之一。

人的一生中，如果有什么能让人幸福无比的事情，爱情肯定是。当然，如果还有什么是能让人痛不欲生的事情，爱情肯定也是。同一个事物，却给人两种截然不同的感受，所以，给爱情贴一个幸运的标签是合适的。

因爱生情，幸福终老的人很多，这是爱情的幸福之所在。因爱生恨，结局痛苦的人也不少，这是爱情的悲伤之所在。茫茫人海中，遇到的那个人，是共度一生的小天使，还是折磨得你难以言说的小魔女，找不到什么先知的启示。

于是，便有了“青涩的年华”这一辑。

青春的理想是其中之一。

青春年少之时，我们能遇见理想，确实是一件幸运和幸福的事情。理想是一个神圣的字眼，我们都愿意为之奋斗，坚持不懈。而一次次的努力，也让我们的青春充满蓬勃的生气，充满年少的激情。可惜的是，很多时候，由于各种各样的原因，都没有办法坚持到最后，让自己的理想能在人生中的某个时候，如约而至般地悄然实现。

所以，青年时代萌发的那些理想，成为多少人一生中的一种遗憾。青年时代的理想，纯真，炽热，它留给我们的那些怀念，证明我们在那个年纪，曾经有过一颗真实和赤诚的心。在进入一生中的某个年龄段后，再次回想起来，能让人感觉到那么深沉和清晰的幸福。

于是，便有了“年轻的心”这一辑。

生长的故乡是其中之一。

生于此，长与此，对有些人，有些事，自然而然就是难以割舍的。不是因为在那里生活过，就会有一份简单的思乡之情，而是在离开故乡的日子，每个人都能深切地体会到，对于故乡有一种非常特别的依恋，对故乡的一草一木，一山一水，就是毫无理由地深爱。

我坚信，除了自己的亲人之外，每个人对故乡的这种依恋，与生俱来就存在于骨髓之中和灵魂深处。因此，故乡才能在古往今来之中，成为那么多人牵挂和寄托情感的一个事物。

于是，便有了“酒之歌”这一辑。

唯一能肯定的是，拥有幸福不仅是我一生的初衷，也是所有人的。

生活中感人的细节，爱情中美好的时光，青年时代的理想，故乡的人和事，都让我幸福过，快乐过。时至今日，还在怀想念及，所以，我把我所经历过的，都看作我这一生中，不曾偏离初衷的遇见。

用什么去记住这些值得一生怀念的遇见呢，我选择了诗歌。

我是一个不敢给诗歌胡乱下定义的人，我只想它很随意地融入我的生活之中，成为我生活中的快乐之一，幸福之一。我喜欢用这样一种自由自在的文字和形式，忠实地记录自己的生活或者是生活中的微小感受，抑或者是人生中的磨难和热情。

长久以来，诗歌丰盈了我的闲暇之乐，让我的生活充满着一些小小的确定的幸福。多年的坚持之下，也略有所得。

是为序。

王怀志

2020 年 10 月 31 日

目录

辑一　安静的岁月

辑三　年轻的心

辑四 酒之歌

辑一 安静的岁月

孤独

在枯黄的草丛
沉默出
寂静无比的思绪
我看见
一种深刻的温度

——这
在冷与热之间
纠缠的一生
让春花和秋叶
倾羡至死

想
也不想
盼
也不盼

灵魂

随时间谢幕

谁

还记得

谁

又已忘记

围困

捡起地上的雪
必须感叹
它正以自由的方式
告别冬天
围困，是被渐渐冲开的
世界已经温暖起来了
止不住想象
希望，原本就是纯洁的吧

就要走了，脚步执着
在这样的风里
寒冷是够不到我的背影的
什么围困了爱情
什么围困了生活
什么也围困不了我的诗歌
这或许是一个童话

此刻

却成为我写下的一个朴素梦想

在前行的路上

怒放，或者遗忘

伤逝

一片悠长的情绪，落幕于黄昏
最后的温度正在黯然消散
无法集齐不可名状的孤独
在梦境深处摇曳出爱情的色彩
黎明的第一束鸟鸣之前
这些纷繁斑驳的思念
又能为谁拭去枕边的失眠之泪
必须相信，想要的某种心情
一直藏身在黑夜深处
却总是姗姗来迟，从而毫无意义
在苍白的落日之下
隐匿着什么样的诱惑
令人甘愿演绎一次荒唐的悲壮
然后，随着激情的逝去
平静幻灭在寂寥的冷风里

舞

你寂寞的指
断了心底最后的守望
也算是一种解脱吧
在这已经遍布美好的季节
指间有温柔
赋予这个虚构的舞台
几许生硬的生动
这些翻滚的痕迹
因为无奈，所以决绝
因为曾经，所以释然

冬天

天
说冷就冷了
像女人莫明其妙的心情
灵感
说走就走了
像贼一样
防不胜防地来来去去
而这雪
落在身后的小路上
眼前的世界和日子
也突然间
说干净就干净了

意外

这场雪是一个意外
不应该闯进我的文字
今夜，我没准备
写出一首洁白的诗

还有谁的生活
类似这冷漠的冬天
内心是一个悲伤的国度
每个夜里荒凉一片

苦难和幸福
会像大地
被永恒地覆盖
我默默地想
冬风是疲惫的借口
雪花就是温暖的理由

久远

梦
在低空飞翔
没有闪烁的光芒
平淡的色调
构成一种模糊的境界

绷紧的双臂想要抓住一切
手心全是莫名的泪滴
莫名其妙
失去，总是在到达之前
脚步的宣言也来不及出口
因为，破碎得太快

昨天
充满了腐朽的气息
不只是梦，灵魂
也已久远得毫无痕迹

灯，小桥

当黄昏落满一地的哀怨
我用尽所有的词汇
亦难以越过万千的目光
触摸桥下秋风里深藏的寂寞

月色就这样悄然离去
没有颜色和声息
甚至来不及握住一丝温情
夜晚的莲花已开满晨曦

灯随意地点亮
桥下轻盈疏浅的婉约
然后，水的流动
融化朦胧的岁月
而风的节奏
震散心中的淡淡闲愁

一次偶然路过
一次平淡凝眸
让无法柳暗花明的思绪
于灯与桥织成的微小片断
轻启一个深情的秋天

乡愁

只有树梢的月亮那么大
千百年前到亿万年后
每一个如水的月夜里
都被密密地织满
深深的长长的思念

我曾经问过
走遍了天涯海角的风
没有举头望明月的时候
就不会低头思故乡了吗
风向来时的地方回望了一眼
然后深情地告诉我
孤独开始包围夜的那一刻
乡愁已经占领了你的情感

冬的思绪

北风是东风的信使
在最寒冷的那一刻
传递着温暖的气息
去看雪吧
不用怕冰冻袭人
那洁白之下的希望
让我们静静地感动自己

雪也不是唯一的风景
沉默而久远的大地
发酵着不远的灿烂
冬的心灵深处有声传来
那是春天出门前的祷告

你聆听了吗
快伸出双手吧

握住这亲切的呢喃

牵引那就要来临的美丽

春天在这冬的门后

向你微微地露出笑脸

一如飘雪的晶莹

昭君出塞

在长安的时候
琴弦上定然飘下过
一片满带春意的花瓣
只是你不知道
春天繁华的旋律
会成为一段深藏的记忆
脚步迈出了宫门
渐行渐远
足迹缀满一路的秋色
琴声悄含一丝塞外的无奈
然后，大雁东归的翅膀上
挂上你深深浅浅的怀念
飞过曾经的汉宫窗前
淡淡地叫了一声
却并未停留
于是，漠漠的黄沙无语
陷入一种哀怨的情绪

黄昏

一条没有芳香的枝桠
托起古老的留恋
金色的情感在远方呢喃
一起吧
在此刻的纯净中迷醉

轻飞的鸟儿
衔着朴素的歌谣
与流浪的白云相伴
脚步很慢
自由也是一种负重吗

孤独的灵魂凝视着
天际的颜色如梦变幻
谁在挽留，谁在叹息
谁在风景之外

饱含思绪地寂寞徘徊

黄昏正在离去，夜色将满
伴月而生的思念
如水般消逝却刻骨铭心

结网

独在中央
寂寞的丝
连成一个世界

这些日子
被风雨蚀成
一种苍白的守望
结局无声

为了我的生
需要你
肃穆的死
泪是无边的
还有一些
空洞的叹息

虚度

一些岁月已被洞穿
七零八落的人生
苍老了容颜
路途是多远呢
趴在时光的边缘
细数着周围的希望
交替行进的两脚之间
迷惘狞笑着延伸
足迹上发出的光亮
映衬足迹之外
巨大的空白

记忆零乱，青春一片破旧
落在地里的热血和汗水
疯长一地密集的杂草
偶尔看见

一朵寂寞的小花
也在祭奠逝去的理想
叹息很悲伤
却满面无可奈何

等待中消失

许多遥远的目光
不经意开启今夜的激情
我却捡不起
一片雪花的晶莹
写出些许
心中炽热的情感
任叹息
在发霉的草丛
铺满清冷，一层又一层
但，我们一直在这里
守着久远的记忆，守着这些
散乱而滚烫的诗行
淹没寂寞
扬起岁月迷人的色彩
许久以后
云会躲远了

风会藏深了

我会静寂了

却没有谁

在等待中消失了

野草

太多了，太小了
入眼的平凡里另有一种深刻的坚强意义
山峰很高，高到不能再高
依然可以站在山顶摇曳黄昏的最后一抹悲壮
沟壑很深，深到不能再深
仍旧能够于静谧中舞动远离红尘的真正纯净

茁壮而丰满的灵魂淡然如云
源自古老而圣洁的大地
站立于大地之上
用不着光辉无比的身姿
仅仅有一种简单的歌声
如泣如诉的和风
亿万年来一直不停地弹奏我的灵魂
如果留恋
就是弯腰那一刻不变的温柔

如果赞美

唯有连天接海的碧色里

存在一片沁人心脾的温暖春色

冬之恋

忽然冷了
天上地下
白成一阕诗
雪花散乱
妖娆而舞
箫声莫名
牵出山水的温柔
极致的冬意
隐匿在梅的内心
一丝丝一束束
连绵不断
穿过寒冷
串成希望的路
一路悲苦
一路如歌

梦境

一些柔软的风
吹散了黄昏
幻影
在波光里
堆起如沙的柔情

扔一粒石
涟漪的明媚
成为灵魂的韵律

一尾鱼的摆动
绿了月光下的柳枝
河岸的天籁
随之而浓

于是

在今夜

不眠的不只是鸟

还有

几许未知的情感

冬

冰冷的风
又开始在乡间出没
莽山，成排的孤寂
枯树，静立出坚定
轻展老翅的寒鸦
冲向最大的雪
日子没有尽头
阳光微暖
我为这个冬天备下的文字
早已经用不上
所有人都看到白色的晶莹
诗歌如雪，铺满心灵
我却遇见无奈
长叹一声，扔了笔

流沙

古老的河湾里
于岸边孤独的静默
被风撕扯，摇摆
被岁月水洗，磨砺
之后，梦想静止不动
在夕阳的滚烫中
灵魂独得安闲

药

关于冷的体验
终止于一片热情的文字
有一个诗人
站在八百里秦川
尽情嘶吼，挡下了
那些南下的风雪
另一个多情的女子
在窗下
种满了蓝莲花
白色的雪
铺成一条向阳的路
它会开在春风里
不只这些
在白发如雪的时候
曾经的一切
都将是温暖的

治愈所有孤独的时光
像今天
不再冷，不再咳嗽
也不再寂寞

欢喜

今天早上
我无意间听见了风声的秘密
它在槐树枝头
朗诵着黎明阳光里深藏的温暖
我每天都和太阳一起起床
却同它如此陌生
我还遇见了一片叶的飘落
它并不孤独
仿佛多情的天使
赴一个静美的约会
充满幸福
于是，我也很幸福
风声和落叶
教会了我的心
如何跟随
随处可见的欢喜

干净

一粒瓜子消失
一张纸屑消失
一颗烟头消失
又一个
啤酒罐子也消失
这些
从道德里长出的杂草
总是在开始疯狂弥漫之前
被静静地清除

当听到
好干净的街道
好干净的广场
好干净的花园
我就会想起
街道边光明的路灯

广场上辉煌的雕像

花园里清馨的大树

还有

比这些更神圣的

清洁工

对于一个城市来说

干净

就是它的灵魂

对于一个人来说

同样如此

所以，我们必须

在爱上这个城市之时

也爱上这群美丽的人

夜

无数次
用灵魂里的孤独
区别了肉体上的沉沦
之后
再也不怕黑

一幅画

当美被固定成一种形式
我的目光也变得挑剔

听不到那些撩人的风声
看不见那些动人的金黄
也摸不着那些惊人的温度

天地，或者女人
不是以原生的方式
存在于视野
我的感觉和诗意就死了

戏剧的场景

我们素不相识
却在这个时候沉默相对
我的思绪
就是莎翁笔下那个爬窗的窃贼
总在期盼夜深人静
偷取一段从灵魂淌出的爱意
晶莹藏在何处呢
有人在白色的野地捕获灵感
有人在红色的舞中寻得记忆
而我，只于红与白的对比里
无奈憋出几个零乱的句子

辩证

与时间的战争中，所有的美和丑
都会不堪一击，留下沧海桑田的遗憾
沧海里飘荡的鸥鹭，红色的浮云
以及桑田里生长的春夏秋冬，就像从来没有存在过

看得惯的美，看不惯的丑，都与自然在一起
亲如姐妹，万年同行
它们从不用征得我们的同意，可以随时随地随意
穿透我们的躯体，在灵魂里留下云淡风轻

事实上，美和丑并不需要我们
无论我们动机多么高尚
从小就生活在追求它的强烈渴望中
我们都只能苍白地将它固定成一种形式
并陶醉于自己制造的虚幻

失眠

不算悲剧
只是外面的寂静
进不了内心
天明，眼睛很红
一些汹涌离开身体
不管愿不愿意
都已结束

殇

春天被暖风吹走
夏天被潮水带离
秋天被秋月藏起
冬天被白雪覆盖
而我
被黑夜和白天
交替盗去
诗意
理想
爱情
以及这破烂的人生

却绝不悲伤
——绝不

雪中

我的目光托起一座山
风景微冷，思想
在圈定的方向丛生种种震颤
背影很匆忙，这些聚散
落下的却不是泪滴
风会把什么带离这里
我听见树的心，逐渐温暖
我看见岩石的灵魂，一直傲然
有时候，一个片断就够了
岁月中空旷的宁静
使我的脚步停顿
诗意幽深

怵

寻觅的宁静
在白墙里逐渐陌生
经历空气和灯光
从柔和到刺眼的过程
站和坐
行与卧
开始离不开
一支又一支软中华
无数的夜晚
双眼大睁
想在天花板上
收获一些安慰的细节
天亮却发现
又被黄家驹的贝斯声
狠狠敲打了一夜

简单

仿佛一颗简单的石头
平凡得随处可见
孤寂的表层下
积淀着
充满硬度的深厚

我有我的坚忍
目光难及的地方
灵魂
连着最深处的火热
等待爆发

故事

结局来临之前
上演的情节
都是完美的童话
结局来临之后
所有的回忆
都是完美的足迹

我深爱一切经历

认清

我有一朵花
却发现
需要的不是它的色与香
仅仅因为一次
毫无必要的采撷
它就要在我的手中
凋零

我有一片海
在梦里它是蓝色
在眼中它是黑色
在笔下它是彩色
海鸥飞舞
白云漂泊
在记忆里
它是透明的变幻

也是深沉的缠绵

我有一首诗
书写过青春
感叹过人生
埋藏过理想
祭奠过爱情
在青年时年青
在黄昏里昏黄

一次又一次
认清自己
认清世界
认清人生
之后
还是发现
风雨在时光的背面
雕刻有不同的痕迹
沉如山

静如水

微如尘

所以

真的认清了吗

诡异

我
端着破碗来化缘
你们
打发我几首歪诗
我高喊肚子饿
禅院的主持
却敲着木鱼
不停地念
色即是空
空即是色
唉
肚皮空着
耳朵却被填满
最后悟了
生平
遇不得大师

故乡

我种植于诗歌里的世界
淹没在黄昏的一滴泪里

脸谱

厘寸眉间
描述着人生的深刻
苦与乐的转换
仿佛黑与白
交替出现

始终如一的
是你面上的线条
明灭之间
充满无奈和辛酸
历史
就这样被一抹颜色穿过
又被一种声音定格

消逝

我的眼神并不空洞
穿过高远的白云与不白的云
只有一种可怕的孤独
游离在白云与不白的云之上

我谦卑的思想
装得下无数个宇宙与古往今来
却看不懂一粒尘埃
为什么一定要以那样的姿势飘落

还是走吧
以简单的脚步经过时间
过去已经遥不可及
未来无迹可寻
现在也终将不在

薄雪

落得很无情，情感被分裂成片状
端坐窗前，想写几个字
寒冷冻僵了游离在野外的思绪

一朵一朵的云，拒绝一起上路
给心灵开的那道窗，只吹进一些无奈
心情始终无法在一个意象里暂驻

这些雪，被谁邀请而来
包围夜，也包围了我

命题的诗

被深刻的定格成
一段月光里躲着的思念
一阵微风里藏着的温暖
一片荷叶里饱含的清新
一颗尘埃里内蕴的含义

仿佛
是爱情
男人和女人
游历不完的世界
是诗歌
在人们的笔下
流淌出一行行的温情
是人生
脚步踩出的一个个光点

这些都不是，我只是
几个简单的字眼
在你们的灵魂里澎湃
在今夜的纸上轻盈

九月

开始黄了。
暮云低垂，几只鸟迎着狂乱的风，狠命翻飞，宿命未知

假装悟了，并拼命嘶喊
生活是圆的，每个方向，都阻碍深重
行走着，与大地接触更深的，不一定是朴实的脚
更多的时候是高贵的头

如何把身体里的欲望抽出，让自由进来
许多人挣扎到底，剥离出去的竟然变成了尊严，初衷偏离

想着，想着，泪流满面
真的，这种时候，唯一能肯定的就是
开始老了。

看见

今天，我的一个梦
开始渐渐温暖了
一直不想以阳光的名义
写下关于它的话
任它在无人的角落
沉默下去，直至某种深刻的唤醒
萌生和爆发
永远是必然的天性

生活除了逼着我们学会放弃
也提供另一种土壤，辛勤地种着
没有想过，收获会是什么
今天，我看见了另一种可能的幸福
深藏于一大群人的梦想
在某个时刻，某个地点静静地相遇
然后相约远行

走着，走着，就老成了风景

苍茫的黄昏
一片雪
把我的路过
轻成风里恬淡的符号
思绪悬浮在地上
和雪相互比较
谁更寂静

一串脚印
或者一声鸟鸣
总能让坚硬的日子
散开一丝缝隙
迷恋是不需要理由的
更远，更近
更深，更浅
什么也不能遗落

一直在路上
一块石，一抹微云
一泓静水
一条随处可见的绿树枝
提供着妖娆的意境
一年一年，走着走着
就老成了风景

黄昏小蓝调

从未试过，在这样的黄昏，深刻地观察秋天
窗外的雨，带着不大不小的风，冷得浩浩荡荡
几棵高大的银杏忘了摇曳，更远处的村庄也不愿说话
村庄的后面，一截截朦胧的山峦，恰如其分地表达了什么是寂静
我决定，让自己沉默如鱼

从未想过，在这样的沉默之中，思考纷扰的人生
我清楚地明白，也许二十年后，还是无法准确地说出
什么迟了，什么早了，什么留下了
唉，许多忽略的细节，就是让生活不断起伏地始作俑者
我却找不到无辜的理由

也从未见过，在最销魂的时候，突然渴望终止
就像现在，明知松软的床是一个温柔杀手，悄无声息地吞没生命

依然义无反顾地选择扑上去，停下了捕捉意韵的思绪
晚安吧！我已有一只候鸟相同的心事
如此冰冷的夜，实在需要一个温暖细致的梦

岁月无声

很多时候，我说不出来的愿望
仿佛一只寂寞的鸟
隐于一堆乌云的中间
期待某个瞬间
化作一柄不惧电闪雷鸣的钝剑
其实，我比许多人更明白
怎么挣扎，也未必能够
在雨后收获一个小小的惊喜

很多时候，我不允许自己的灵魂
安坐在午后的一片阳光里
翻山越岭，紧紧跟随
一朵蒲公英的足迹
我深信，她必然有温暖的信仰
朝向一个
闪耀着诗意的明媚季节

一天一天，一年一年
逐渐习惯了，桃花开满之后
荷花默默凋零在秋风里
就这样，看着，想着，守着
眼里，饱含无奈的泪水
内心，充满无声的幸福

最初的秋天回来了

拥挤繁乱的路边
修剪整齐的小叶冬青下
一朵细细的狗尾草
于不时扬起的尘埃里
沉默摇晃
每束黄昏的阳光
紧紧挂在那紫色的穗毛上
无声无息地示意
最初的秋天回来了
于是，匆匆而过的白天
瞬间被忽略
一种情绪静静开始漫延
——自由
都是野生的孤独

雪

你纯洁不纯洁
绝不是因为
有多少梅为你而开
有多少青山为你而白
有多少河流
藏起了自己的思绪
静静地向前

同样，我爱不爱你
区别于
你飘落在地上
还是
飘落在我的诗里
静止在思想的深处

昏黄

坐在阳台最靠里的地方
我看着秋天
几棵树悠闲地在风里摇摆
拼命舒展每条枝丫
释放绵绵的意境
昏黄的季节，昏黄的落叶
昏黄的阳台，昏黄的思绪
此刻，我的拥有
是足以媲美整个世界的

坐在今天的秋风里
我想着昨天
四十年就这样安静地过去了
我一直怀疑
昨天和今天之间
存在一种深奥的过渡

时至今日
我已经可以用一些词语
描绘一个自己喜欢的简单的天国
却依然找不到它的踪影

很多时候
我为自己的卑微自卑
而时光里那些卑微的细节
却构成了我丰满的人生

诱惑

眼里的柔媚
燃烧心底的欲望

夜

一声怪异的鸟叫摊开了今夜的思绪
路灯沉闷的光里，秋风疲惫，草木蹉跎
人来人往，故事纷繁
有多少从容的脚步
就会有多少孤独的背影

我在想，这样的时刻
必然有人在仰望干净如梦的天空
数心里的梦
数爱情的狠毒
数日子的单调空洞
数那些拼了老命也甩不掉的无奈

两分钟以后，奇怪的争吵从楼上狠狠砸来
我攒了几天的诗情
就这样用尽了
今夜，已注定无法拥有什么

沉重的岁月

我的内心，像罗布泊一样荒芜了
没有半丝鲜气，让生命绽放出轻淡的色彩
血液如沙，在岁月中滚烫
沉重着没有方向的迈步
谁能送我一支歌谣吗
如水般的清凉，浇灌即将枯萎的灵魂

偶然

我的心，已经躲进了长满蒿草的乡间
望着一排排的炊烟，泛出胜过彩云的颜色
春天在这里，静悄悄绿过田里的庄稼
秋天在这里，急忙忙红过伢子的小脸
在蝴蝶乱舞的路边，每个人都可以捡起一些快乐
像清澈的泉水，正在流过心田

树

从春天出发
途遇许多的孤独
你安宁地拾起
那些被丢弃的温暖
日子在你的脚下
正如一株花的静放
丰富得令人神往
季节展示过一种深远的辽阔
将花朵和绿叶的结局
逼入同样的宿命
秋风并不能终结什么
白色的雪
开启另一些新的憧憬
你恢复到孤独状态
守望
躲在远处的轮回

搁浅

斑驳，皴裂，颤抖
窗外老旧的红墙
相遇摇摇欲坠的风
那些向我汹涌而来的诗意
被阻断在墙的另一边
什么也来不及写下了
就在风里散了吧
宁静也是我需要的一种幸福

一直希望
可以用一些青春
交换一道闪电
交换大海里的波涛
交换天空里自由的云朵
甚至是交换一粒尘埃鲜活的个性
最终却莫名其妙地失去

变成另一些人的光环

还有青春可以怀念吗
一声叹息，之后
联想开始从一面破墙里
不声不响地退出
在灵魂匆忙变成黑夜之前
泪水黯然泉涌
关于昨天的记忆
忽然停止

执手

岁月就是你脚下的风
路过夜晚的柔美
也顺便奏响黎明的滚烫
你没有预订诗句
在你随遇而安的歌声里
它却翩然来临
并成为每一天的序言
丰盈身边的风景
从早到晚
目光不停流转
都在期待一种万籁俱寂
那是有高尚的人
正在默默献出灵魂的呼唤
许多年后
许多人会铭记
在这里的脚步就是舞步
也是飞翔

朦胧

黎明的太阳
一直跟随在我的身后
像一个正挥动鞭子的暴君
我感觉不到痛
所以，先失去青春
接着丢了爱情，最后是梦想
现在，我不知道
还有什么可以失去
站在风里
眼中充满远方
脚步之上满是叹息
记忆被不断重复之后
稀少的剩下
也逐渐朦胧了

无题

秋风带来的思念，宛转在寂静的夜
请允许我洁白的情感
在某一刻成为一支温暖的向阳花
然后，因你的微笑，鲜活出一种纯净
我的脚步，被你的身影牵绊
却没有一朵沉默的云指明通往你灵魂的方向

一生

希望总在前方
我一直在说
我走着
留给时光
匆匆的背影
过程仿佛深刻
蓦然回头
结局如此简单
不过是我走着
瞬间变成
我走了
注定是要缺席的
遇见的时候
请准许我用爱情
或者路过
装点这个自私的瞬间
那是命运为我们
量身定做的一种幸福

结尾

你的背影
已经准确说出这些愁绪
这些隐藏在风中的孤独

故乡

脚步走得很远，其实并未离开
秋云游离的黄昏，蛙鸣飘过的夜晚
一遍又一遍的思念，生长在红土地的红高粱
而老水田里阵阵翻滚的稻花香，
无声无息就深入骨髓

我在你的春花秋月，收集成长的味道
你觉得还不够，继续送出夏虫冬雪，
烂漫满山遍野地包围了童年
也曾在一个窗前的清秀身影，偶然捡起
一片朦胧的爱情，然后，青涩地成长为游子

我能在陌生田地中的某个男人和某个女人
看见远方家里父亲苍老的双肩，母亲慈祥的双手
我匆忙经过的华丽洋房、奇异花园，
高耸的立交桥和古老的吊脚楼

都使你朴素的屋檐、亲切的木窗、柔软的炊烟
在灵魂最深处愈加深刻，亦为我
不久之后的归期提供着信念，无声的催促

很多时候，我只能随意写下简单的文字
任平凡的岁月在纸上化作浩瀚的思念
而此刻，我仅靠片片思念
就能将一种幸福充满整个夜晚
并在泪流满面中安然睡去……

辑二 青涩的年华

静了

风
从窗前
黯然走过
今夜
就是一杯茶的长度

想用一生
怀念一个人
回忆
却不是爱情的温度

永恒

温暖
藏于平静的夜色
向往
藏于平凡的明天
我们
藏于彼此的灵魂
许多年以后
终于发现
幸福
藏于我们经过的岁月

约会

必须是一个黄昏
我们依偎在一场风里
偶然飘过的落叶
送来阵阵甜蜜
将幸福
刻在彼此心底
远处的涛声
轻拍出我们的微笑
而天边的晚霞
正同你脸上的妩媚
静静升起
手紧紧相握
温柔连接灵魂里的爱意
许多年后
也不会淡去

静夜

冷了
目光里的温暖
被风带走
脚步决然
我的心
被谁打上印记
燃烧完之后
留下的灰烬
也要无情地抹去
躲在夜里哭泣
悲伤会传到何处
谁又能捡起
抚平深浅的伤
又是谁
令我守在这里
如何才能
寻回原来的寂静

月光

饥饿的月光
吞噬了谁的思念
乌云突然冷起来了
而魔鬼似的风
将一朵朵的梅香
埋葬在惨白的雪下
今夜
爱情这个字眼
刺穿了
无数人的岁月和心灵

片断

驻足于海
这些固执的礁石
难以诠释我的站立
跋涉于岸
风的辗转流浪
将如何收集失散的承诺
五百年前沾染的尘埃
令我只能继续沉默
将你的容颜从回忆掘出
再次轮回于宿命
有你，不能停在海里
无你，无法找到彼岸
是否
在潮起潮落之间
劫下一粒沙的禅意
就能明白
是我在岸上
还是你在海里

我爱你

黄昏的时候
迎风抚弄内心的坎坷
错过的人和事历历在目
唯一欣慰
没有错过爱情

观看了雨的一场表演
每个瞬间
都过于接近秋天
过于接近秋天深处的忧郁

一片叶在雨中落下
归宿难料
春天，抑或不知名的荒岛
已不重要

把人生交给爱情
或把爱情交给人生
记不起的微笑
忘不掉的泪水
永不会少

一季花开

这些香和颜色
组成海洋
淹没远道而来的季节
我远道而来的目光
是一株路旁的三叶草
温暖地凝望
你在每一个季节
开出阳光
开出春风
开出黄昏
开出你心里
不知道属于谁的爱情

开始

今夜
在无边的冷中
找到些勉强的理由
展开一个微笑

背影
令我的牵挂
止步于一次转身
这不是结局

今生所有的遇见
都不是结局
因为
爱从不会停下

温柔

一些
遗忘在黄昏的秋意
连起今夜的情感
我看见
一枚月光下的鸟
安眠于
遥远的幸福
而
沉默的云
被你柔软的思念
压弯了一生
将会
停留在谁的窗前
温柔地拾起
一段苦苦的守候

陌生

目光
冰冻无数微笑
匆匆的脚步
埋葬了
太多的必然

许多年前
我们擦肩而过
此刻
黄昏中相逢
你还是你
我还是我

恋

铺向远方的鲜花
一直盛颂雪藏于此的传奇
从古到今
你们的爱情
在大地的年轮里纷飞
就如传说中的那两只蝴蝶
是应该感慨的
我们的目光
从清晨到黄昏
都在寻找属于自己的不离不弃
这一刻
终于有了感动
因为
心里又浮起了
一个幸福的身影

碎了一地

夜很黑
我看见了你的影子
一些细小的珍藏
在冷风里翻滚着消散
我在夜晚翻找过去
节奏零乱
只能遥遥相望

你在另一片光芒里
蜷缩出一种迷离的姿势
来来去去
寻不到一丝温暖
时光已碎了一地啊

你的爱很热烈
你的心却要孤独一生

遇见

遇见这些风
我的诗
开始冷了
这不是我要的冬天
破碎的灰云
遮住天空
听不见一丝鸟鸣
日子
仿佛梧桐的叶
款款静美
悄然落在地上
一阵风后
却无迹可寻
这也不是我要的诗吧
反复敲打
心中惆怅越深

我是在等待

还是在守护

取决于谁的离去

会不会回来

春天

我再不需要
你们赞美过的春天
任何时候
我只需迈出门去
就能捡起
一个只属于我的春天
温暖总是那么明亮
静静挂于燕子的翅膀
扑腾到我的窗前
离我如此之近
甚至，让我忘记了想你

离

你转身走后
悲痛便不可逾越
五百年的宿命
化为苦海，却无法回头

旧衣服

今天，一张照片
从一件旧衣服里掉了出来
马尾辫的姑娘抿着嘴笑
背后有个神奇的名字
我爱你

今天，一些回忆
从一张老照片
掉了出来
老槐树和稻草垛子
萌发记忆中的多情
春花和秋月曾经那么缠绵

今天，一份爱情
从一些回忆
掉了出来

记得第一次牵手的喜悦
记得第一次拥吻的羞涩
许多年后还是相同的厮守

今天，一种幸福
从一份爱情
掉了出来
我匆匆拿起手机拨了个号码
只为说一句短短的话
媳妇儿，我爱你

念

我
沉默着爱，忧郁，幸福
是什么
让我如此沦陷
在昨天
坚定燃烧我的灵魂
你的眼神，拥抱
黄昏的一次牵手
月光中的一次偎依，揭示
无法发现的无悔

无言转身，划上结局
与秋天无关的离开
让寂静的心
被风轻易撕裂
然后

一种情绪主宰整个世界

念的是失去

亦有我们的曾经

星光

我爱上了星光之上
那些一动不动的沉默
生与死之间
流传着许多解不开的爱与恨
无论遇见谁
都是一种不可逆转的宿命
这样一束
垂落在野外的星光
连同你那无边的微笑
引动我夙夜不停地咏叹
遥远的路途更感人了

我们一起走吧

风在火红的红叶之上
努力地思念着整个季节
你终于来临
今夜的月光盛开一种自由
灵魂开始翩然起舞

从这美丽的海岸线
我们一起静静地走吧
在时光的尽头
回忆一定真诚的见证
延续相逢就是一种真情的永久

思念

清凉如水的夜晚
无边的静谧让人涌起无尽的思绪
你的存在是一种感动一生的幸运
月色婉转地凝视大地
无数的地方站满了人
孤独的唯有白云生处
那只不愿归巢的鸟
尘埃掩盖目光的用意
永远那么微不足道
我们的心灵总在不断地靠近
然后忘记一切
彻底交融

在你来过之后
太阳那犹如往日的升起
瞬间充满另一种刻骨的温暖意义

而你离去之时
淡然中不曾留下一丝怨意
生活原本就是一种幸福
这不是什么哲学命题
是我们在来来去去的岁月里
发现的一个秘密

轮回

茂盛的季节已过
秋风终于埋葬我的绚舞
有你的目光收藏我最后的幽怨
我愿无怨无悔地碎身为尘

终尽一生，能留下一丝芳香
就是一种惊天动地的幸福
你的目光抚摸多年之后
我拥有一个无法幻灭的灵魂
永恒地渴求那条轮回之路
它布满雪花的纯净和归鸟的呵护

有一天
仅需要一丝丝融化的气息
和一声声啼叫的亲切催促
我就会苏醒在一束多情的目光里
并再次生长出一片深深的爱恋

感冒

渐渐逼近的冰冷
终于让我
重回孤独的床
躺在只属于春天的大红里
默想着，有一天
是否也会老无所依
窗外的曲子
许多年前拼命听过
裹起无边的雪
敲打着窗
像记忆中的一个人
一直徘徊在门外
却不肯走进心的深处
抓起笔，久久
写不出一个与你有关的字
我

只是感冒了啊

为什么

泪，又流了一地

孤单的茶杯

让今夜的灿烂
在身后悄悄淡去
水珠般
叹息着散开
落在
不属于我的杯沿

这孤独的绿意
对着
眼前的空空如也
忧郁出
前生的记忆

还你
一些思念
夜色中

落荒而逃的爱情

能否发现另外的角落

再次把悲伤藏起

守

陌生的晚霞里
已寻不到旧日的些许痕迹
你苍老的容颜
仍在心甘情愿地为谁
不分昼夜紧紧拽住
最后一丝沉默到底的温柔

这些迷惘的秋叶
都是你落寞的心情
承受一次次的飘零之后
将哀怨收藏得更深
谁能用一万个
可以揉碎岁月之坚硬的拥抱
换你千年前封存的一滴泪呢

这些孤独的风

能随意触碰你那飘荡在唇间渐渐冷却的温度
我却无法打开你内心的一丝颤动
让我们的灵魂合二为一
岁月渐渐远了
远成一种无望的苦候
而你的目光依然如此决绝

我已坦然
你守着轮回
我守着你
从三生之前直到七世之后

念

在

这寂静的夜晚

姗姗来迟的温柔

绽放

如此之多的美丽

盛开在字里行间的情绪

一如你

明媚的容颜

怀想

已经遥远的时光

如月般

纯净在这里

遇见

今天，让我做一尾鱼
在无雪的清晨
用尽全力
游过风
游过风中彻骨的寒冷
游过寒冷边缘你那决然的转身
游到你的记忆
消散在某个黄昏
然后，我将遇见一个人
在春天带着爱情降临

无雪

清晨，仰起头
透过没有叶子和花朵的树枝
打探一只鸟的消息
据风说，日子
已经回到了去年
不会再有雪花飘落
隐约想起
去年的这个时候
你在炉边微笑
那是一个季节的温暖
这么久
你应该找到了
另一个乐园
却不再有我的痕迹

印象

我的思绪，在古老的黄昏里翻飞，孤寂
落日之后，归途遥远。天边的余辉
是谁陨落的容颜，剩下一些苍白的痕迹
苦苦守候，可以撼动宿命的遇见

蓝色的浮云，沉沦在秋风里
一只鸟的翅膀，挂满寂寞
黯然飞进傍晚的迷惘
一种孤独谢幕，另一种孤独又开始久久地徘徊

让如玉的泪，如月光般倾泻，滴滴滚落
在你如花的脸颊，如水的胸膛
静静融进灵魂深处的柔软
此时，你隐藏于夕阳背后的深情
从容绽放

也许，早就注定
有一种凝眸，连绵不断
将在今夜化成相思

思念微黄

夕阳里归林的倦鸟
驮着一枚斑斓的意象
愁绪幽深，是谁
坐成了一朵没有前世来生的清净莲花
瓣瓣馨香，连着路灯下的孤寂
挤进远方多情的目光

凝眸处，思念微黄
匆匆而逝的岁月
从里到外，漫不经心
刻下如此之多的痕迹
脉络清晰地闪现
过往的所有叹息和笑颜

我和你

我
逃不开
一束光的围绕
用一些
忧郁的情节
组成
你身前的温暖

情感
蹉跎成眼角的皱纹
但
这分明是幸福
深如海
沉如山
坚如石

遥远了，深刻了

然后

一生也无悔了

念

我怀旧的心
在这熟悉的寂静里
于你说出的每个字
萌生永恒的情感
不论身处何方
或者对坐凝望
今生的我们
执着一种刻骨的平淡
岁月里丢失的歌声
我们充满思念的理由
你宁静的微笑
专注于丰满我的生活
这时候
悲伤远了
迷惘散了

原谅我，一直坦然
在你如水的目光里
却无以为报……
多少年
时光渐行渐远
执手愈久愈坚
因为
很多的幸福总是如此纯净
阳光般温暖
并降临在触手可及的地方

无雪

长久站在这里
想从一片雪的飘落
读出
深藏于你背影的秘密
关于你的离去
仿佛一只鸟
被流云惊起
不顾一切地逃离

这个河岸
千年前
就开始见证
四季里纷飞的故事
和那些故事里
爱与迷茫的痕迹

故事的开始

都是充满惊喜的遇见

故事的结尾

唯剩与众不同的回忆

所以，我不能成为你生活的主角

必须在一个无雪的日子

遇见你

也要在一个无雪的日子

失去爱情

枫韵

秋天的风很闲，无辜地
打开我们一些尘封的记忆
在那片红色的世界里
你迷人的微笑，我平淡的目光
炽热了两颗孤独的灵魂

曾经，年青的丝丝激情
在满山遍野的芬芳里燃烧
爱，像一片枫叶的脉络
细腻而温馨地浸进岁月深处

没有想过，却还是到来
爱情随着泪水化成累累伤痕
这时，红色的叶子
成为一种深刻的祭奠
心碎，或者情灭

就是这种永生难忘的颜色

爱情走了，幸福走了，
而红叶，还在红着
永恒不变的守候，似我
等待一个人的出现，或者
爱情不期而至的来临
如一片枫叶偶然落到面前

碎，念

如果还有一种光芒
我仍愿为你的爱情碎落为尘
曾经以泪把心俘获
离开的那一刻
灵魂却断裂成一种
无法治愈的悲痛

也许风可以做证
谁又能为我们集齐
早已失落的誓言
而你的身影
缠绕在谁的爱情之上

今夜，我在三生三世之后怀念
你的笑颜一如既往
清晰在灵魂深处
而你，何时能抵达我七百年后的爱情

月夜情思

这样的夜晚
你感到我的思念了吗

牵一片月光而行
所有的日子没有了孤独

无雪

真的，多么不愿意
喊出再见
没有人知道
带着多少
心里的痛和血

远了，无情地远了
远在
我的生命之外
远在
我的来生之外
就这么远了

为什么要在今天
一片没有雪花的时光里
让我们，除了冷
仿佛什么也不曾拥有过

信

一封信
在桌子上整齐摆放
来不及写下的诗意
融化成夜的黑
一只鸟飞过
惊醒了冰冷的风
我无法触摸这束风的情感
一些雨正在云中努力
欲望非常明显
要将岁月淋成一个春天
这一切似乎与我无关
但我忽然想起
你的微笑也像一朵迎春花
诗意的夜仍然很黑
思念的箭穿不透分毫
我只得放下笔

盼望能快点睡去

可梦中会有怎样一种温暖呢

你的爱会更多更直接吧

总是想起秋天

那些充满温度的日子
已经带着激情远离
微凉的风却在四处宣告
记忆是一种深刻的思念
幸福是爱情不变的节奏

总是想起秋天
你的爱是迷人的蓝色
像蔚蓝的天空一样明净
像自由的云朵一样温柔
像欢快的流水一样舒心

总是想起秋天
我的爱仿佛火红的枫叶
无数次拥抱孤独之后
只需要一个深情的亲吻
就会刻上一生一世的永恒

约定

秋的孤寂之外
我深刻的爱
跟着沉默的星光
悄然来到你的窗前
随意打开窗子
那只纷飞的蝴蝶
就是我不变的牵挂
记得让你的目光温暖
也别吝啬你的微笑
我要把今生的一切
收藏在落花心中
寄送到来生的春天里
再次绽放一生一世的情缘

爱

思念
一夜一夜萌芽
浸染秋的悲意
这些沾满尘埃的细节
被你的注视
铭刻成幸福
沉默袭来的月光
忠实执行命令
用你的爱
层层融化孤独

黎明的爱情

晨曦的一束温暖
抵达我月光下的深沉思念
此刻，一个恬淡的灵魂
悄然绽放在柔软的白云之下

堤岸的风，无限拉长寻觅的脚步
而你不变的守候，仍在远方
轰轰烈烈地为我，描述着
珍藏于心底的那个诺言

东篱下的那阵菊香
恰如你无比清晰的容颜
我能听到那些属于我的呼唤
纷纷扰扰地挽留和迷恋
都显得那么微不足道

我的爱情，正在扑向你的怀抱
这盛开于黎明的爱情
将在轮回千年之后，忽然成熟于
你饱含爱意的一次凝眸

爱

我在黄昏接到一份邀请
它从你的眼里出发
充满心灵的温度
漫过了千山万水
漫过了许多岁月
如约而至
跃然手中这张纸上
这个冬天需要的温暖
自第一行字开始漫延
如火山不可遏制
于是，我想写写爱
写写这些，藏于你的微笑
藏于你的絮絮叨叨
藏于你的轻嗔薄怒
也藏于今后的阳光和风雨中
无尽的爱

思念

遥远的月亮升起来了
无数的温柔也升起来了
窗外的叶子上有自由在跳动
月亮下最洁净的云朵
在天边划出幸福的涟漪
夜空里有一种情感
无边无际地弥漫开去

今晚晚了
不能再晚了
而正在吹来的习习暖风
是你目光所化的浓浓爱意
我的灵魂融化于一种火热
难以熄灭的温度将会伴随你
永生永世在简单的时光里
平淡成一段两个人的传说

回眸

我还爱着你
背影离你有多远
深刻就是相同的程度
不是又在想念你
每一个地方的每一秒
都处于你温暖的怀抱
原来有些事
永远可以不用做
比如回眸
因为
我在哪里你就在哪里

冬

冰凉的雪
把这些隐藏的暖意
凋零成一片白色的无奈
谁的歌声停止了
谁的灵魂还在守候

冬风如故
翻出去年的离别
记忆裂开一丝缝隙
眼前纷飞的身影
却没有你的痕迹

湮灭吧
岁月之上的悲伤
所有的颂辞
已远离幸福的主题

默然看着花瓣

一片一片地落下

恰如无法阻止你的离去

七夕

今夜
翩跹的双蝶
为我翻开一个秘密

蓝色的裙袂划过
一抹带怯的羞意
缠绕了无悔的目光

千年
聚了又散的烟花
融化眉间淡淡哀怨

无数次凝眸后
脉脉温情握在指间
还你三生三世的守候

感动

平静的岁月中
你的微笑像天使
在浮华与喧嚣之外
落满一地的晶莹

窗外这些老橡树
远离你的目光
有雨的日子
我看到
滴下的每颗雨珠
都是错落有致的思念

思念

温柔的月色
越过黄昏的挽留
平静抵达今夜，窗外香樟枝头
挂满凝视的目光

朦胧的灯火
不似人间的季节，云卷云舒
涌起无数的思念
浓到一生亦难化开

因为思念
幸福就在周围
静心聆听你的微笑
仿佛天际的流星
闪耀温暖的光芒

然后，一夜过去

我用简单的文字

拒绝关闭昨天

冬

不需要夕阳
不需要酒
也不需要一种凝视
沉默出脉脉温情
在冬天
一片简单的雪
让我
成为一个诗人
而一瞬间找到那个字
——你
轻易替代了
一个季节的灿烂

月光

这些月光
将我
藏在心里的梦
轻柔地
倾洒于你的面前
而丝丝轻风
可是你的深情
带着温暖
从远方赶来
轻叩我的窗台

抚摸

风过去了
草会一直在那里
回忆轻盈

月光过去了
湖会一直在那里
享受寂静

你的眼神过去了
我会一直在这里
守护爱情

一个夜晚

突然在这一刻
需要一种关于你的思念
黑夜依然带着孤独汹涌而来
如果可以在我们的回忆中
沉湎到永远之后的更远
一切就没有遗憾
包括爱、失去和惊慌
甚至所有莫名的愤恨和怒火
也有一丝快乐的气息
会绽放万倍的幸福之韵
越来越深的爱情使你的微笑
柔软成赤道边多情的雨滴
温柔静落于岁月里
以及我心的最隐秘处
其实应该告诉你
自从有了你的日子

分分秒秒的珍贵程度
都比拥有整个宇宙
更让人动容万分
这个夜晚就是证明
因为不只是我的思念
相信你的也是相同的无比深沉

落桂

夜凉了，我的思念
芬芳在窗外的月光上
枝头那段弯弯的深情
属于今夜的你，远方
你的眼睛饱含刻骨铭心
凝视着我灵魂深处的炽热
我们的爱情，无需誓言
或者一种肤浅的永远

花谢了，不须要叹息
祭奠风中那些悲伤的逝去
一瓣只是一次别离
从容等待重逢的相拥而泣
眼前飞花片片，爱情
一直在激烈地燃烧，那是我们的厮守
依然充满足够的温度

三千年后，落桂之处

我将会打捞起今生的承诺

或者，遇见相同的你

秋蝉之鸣

把所有的眼泪
捆成一片
从枝头黯然飘零的寂寥落叶
风正凄凉
请在南飞的翅膀上
挂上诀别时的痛彻心扉

红尘俗念轻易击溃
刻骨铭心的爱意
那些无助的悲鸣声
仿佛在祭奠幻灭的海誓山盟
然后，开启这个秋天的荒凉
任白露洒满一地的悲伤

不用怀念去年的秋天
所有的白云和流水

都是与爱情无关的过客
恰如我们在我们的爱情中
匆匆一瞥后转身
带着无尽的伤痕前行

这个秋天
秋蝉，鸣得深了
我们，匆忙别了
爱情，忽然死了

我在这里思念，你在那里留念

我洁白而纯净的目光
将天际游弋的云朵
凝望成一首永恒的诗歌
特意从远方赶来的风
提供了忧郁的意境

这场思念的竞赛
一片落在你脚下的树叶
成为最后的胜利者
将我痴痴地守候
刻画成一段梦幻的飞舞

你遥远的微笑
醉成另一首温柔的诗
许多的眼泪和依偎
交织而成的意象

绽放一束坚贞的爱情
老在岁月的最深处

栅栏外的湖光山色
为我的灵魂安上了翅膀
去吧，去吧，我的爱
随着这些无边无际的涟漪
在你面前铺开层层叠叠的深情

请默许这个苍茫的瞬间
定格我们巨大的幸福
因为
我在这里思念
你在那里留念

辑三　年轻的心

理想

所有的寻找
都将在日落时分
收获各不相同的孤独
青山老了足迹
白云共了微笑
就应该这样
一些人觉得误了人生
另一些人
觉得改变了世界

遇见

正如一束阳光
替我
打开黎明的第一扇窗
我在寒风中
意外遇见春天的时候
一朵无名的花
也替我
写出了今天的第一句诗

飞翔

一些光芒
一些对光芒的向往
让两种情感生长
一种叫跋涉
踏破周围的世俗
自由行走于风里雨里
一种叫孤独
在夜深人静的时候
清理自己的灵魂
而今夜
我的翅膀展开
却无法自由飞起
没人知道
为何歇在这里
还要停留多久
或者

等待就是一种飞翔

一生的寻找

只为在其中

顿悟一种简洁的静美

乡景

麦桩又站出了一个迷人的秋天
被去年辛勤的老牛车
一车接一车
拉进堆满玉米的前院
田地里，剩下纷乱的足迹
和一些老男人从另一些老女人身上
拍落在地的幸福
门前，一串串火红的辣椒
映红放学丫头的脸
太阳打着滚儿
使劲地笑了一天
晚饭又香了

侧影

一片宁静的黄
在风里暖成一种风景
蓝色的水
偷去了你的三分神韵
这吓坏了春天
匆忙为你补上七分的风采
不信吗
请看看你嘴角的微笑
已默默惊起了一滩白色的鸥鹭

雪中梅

一抹红意
被雪冷冷地划开
——这
飘散的舞蹈
点燃一季的愿望

白色的温暖，聚起
片片精致的情绪
凝住思念

而这一朵朵的坚强
孤独地
挂在岁月深处
抗拒着春的诱惑

刹那之间

香远了

冷意散了

灵魂深沉了

火焰

这个冬天的雪
开始安静地下了
以晶莹的姿态
在眼前羞羞答答
梅朵在枝头
绽放
一束深情的邀请
所有人的目光无法拒绝
大地准备燃烧一季
请看吧
这些风就是火焰
燃烧出一种纯白
潜进心里
温暖起来

山

永恒地向往一种高度
便坚决拔地而起
在岁月里固执挺立着
千万种身姿对抗千万种非难
无论是狂风、暴雨
都只能哀怨地滑落脚底
还有火山、地震
也一起来吧
身体就是矛，就是盾
所有的决斗中
不碎的是心
不灭的是魂
不熄的是激情

诗人

满世界都是诗

我却只生活在他的旁边

看海

让我就在这里看海吧
孩童般幼稚地仰起脸庞
尽情拥有海边灿烂的阳光
任明亮照散一身的疲惫
温暖化去所有的忧伤

让我就在这里看海吧
那只慢慢离去的小船
披着七彩的霞光
装着满满的自由
心灵如此急切的憧憬
站上它舒展的浅舱

让我就在这里看海吧
坦然站在属于我的海湾
聆听海风轻述神秘的渴望

静静融入无边的深邃
徜徉在那蔚蓝的思想

让我就在这里看海吧
洁白的浪花细腻地翻滚
闪耀永恒不变的华光
我要以礁石的淡定
拥抱来自辽阔深处的多情
思念着远方展露迷人的微笑

飞翔

翅膀在闪动之间
简单地消灭了天地的距离
我在仰视
但不是因为你的高度
而是那穿越的自由之姿

日子

随手采来的一束光阴
在五月酿成幸福
我一直很高兴
被无数人一起分享
如此真实的酸甜苦辣

洗脸

站在窗前
梦里微笑的痕迹
升华出一个长长的懒腰
盆子和毛巾的工作
早已被一缕阳光无意抢走

今天开始了……

远处

前方必然是空旷的
让我的明天能准时到达
我的理想是一朵安静的野花
终将开得灿烂如霞
如果弯下腰
采集来的温暖
胜过七月初七的阳光
是应该叹息的
今夜，云和鸟都沉思得太久了
这昏黄的灯光中
塑像般沉重的诗意
悄悄杳无踪迹

出发

很早的时候
太阳就为我升起
我遇见过从云里洒落的温暖
地铁和人海里吹来的风
深夜最灿烂的星辰
我的行囊充满一种迫不及待
我必须在路上
那些等待在路边的风景
我必须收割到记忆中
我的路过都是惊心动魄的，最后
我将安息在你们倾羡而多情的目光里

念如刀

再也无法克制
冬天快要结束的时候
开始怀念

可我要怀念的是什么呢?

曾经
作为一个旁观者
冷漠地观察
一个陌生老人的跌倒
迅速冷静
从容离开
然后
发现自己的血冷了
不是原来的我了

曾经
把父母的叮嘱
归结成啰唆
像陌生人一样摔门而去
剩下他们
在门后无奈地叹息
眼角隐有泪迹
经常
没心没肺地忘记
他们会在饭桌旁边
一直等候

曾经
四处碰壁
不知疲惫地流血
硬将快乐定义为红色
后来
淡了爱情
远了幸福

在这个越来越寂寞的年纪
怀念如刀啊
越怀念
隐隐作痛的地方
越多

大概
在时光里
我们都是一群伤者
从生到死
面目全非地活着
很少背叛欲望
却无时无刻不在远离自己

明天

这些思念
被现实裂开了很久

我记得它们的归宿
一份留在五月明媚的阳光
一份溶进频率相同的血脉
还有一份像沉默的高山
在黑夜里静静地孤独

我的明天还在明天
而幸福，早已越过千山万水
越过百般苦难
等候在必然相遇的路边

梦

今夜
确定的主题是想你
艰难地合上眼
却走进了
另一个陌生的场景

满肚瓜瓤
一地瓜皮
幸福地擦着嘴

天亮了

晒太阳

今天
我要出去晒太阳
把灵魂
摆放在温暖中
让阳光
为我梳理寂寞

远方

想象不到
一束风的渴望
会停在哪里
从朝阳到夕阳
从青春到华发
目光
永远无法规定我的方向
如今夜
我的灵感
只是一种蓝色
文字突然生机勃勃

身后的光

风不是目标的指引
巍峨的山顶规定着何种庄严
谁知道呢
路途一直比传说中更遥远
目光所及
是怎样一种羁绊啊
冰冷的岩石不断疯狂
狰狞出坚硬如铁的嘲讽
在路上，一些纯真的理想不断陨落
躺在路边的草丛下
寂寞地呻吟
然后
岁月慢慢荒芜
青春平静幻灭，零落成沙
而身后幼稚的足迹
渐渐散发无悔的光芒
让所有追逐的目光敬礼

乡村岁月

每一个春天
绿得让灵魂发痒
高飞的鸟
清澈的溪水
仿佛随处可见的诗

一生的每个日子
充满了无法说出的弥足珍贵
种地，喂猪，砍柴，做饭
紧紧挤在桌边
抢一盘少盐的菜
直到抢出满屋温馨的笑声

脚下的每条路
连着路边悠闲的野草
还有路上那些披着夕阳的歌唱

渐渐微缩成一种深刻无比的幸福

从不须要走出这里片刻
身后挂着太多的目光
都是爱
千年之后
也不会被时间风干

母亲

你趴在桌上睡着了
慈祥就停在你的白发上
闪闪发亮
你均匀的鼾声中
我听见了潜藏多年的爱
我的眼眶很热
却顺手把空调
调高了五度
睡吧
从我落地的时候
到现在
你就没有这样睡得香过
这个夜晚
我须要看着你
守好这些
一生也用不完的爱

愿望

今年的春天
就剩下这些风了
是你们的目光
偷去了春天的
溪水
花朵
白云
以及所有暖暖的艳阳

这个四月
终于学会羡慕
羡慕那些鸟
可以缘着风的痕迹
寻找春天的故乡
甚至那蒲公英
那清泉

那偶然而过的女子
都被赐予过春天的颜色

今年的春天
就剩下这些风了
可是，谁可以在四月
将最后的一丝感动
悄悄送给我呢

荒井

随时用尽心思
装入一些
春夏秋冬的秘密
转眼间
又被一下一下淘空
人们来了又去
却无法想象
这个村庄的昨天和今天
由一滴滴水连接而成
此刻，我路过这里
突然想说
许多年前和许多年后
你都是村里的一道伤痕
孤独在岁月里

起航

听说风已暖了
明天我会升起帆
巨大的海是我的天堂
涛声明灭的路上
海鸥托着我的目光四处飞翔
如果云来参加我的航程
我将命令它为使者
把我的思念带进你的梦乡
星光就是我的灯塔
耀眼的光芒指引方向
我坐在一个角落
用 3 个小时和 112 个字
轻松写完整个航程

落花

已不记得花开
一年年磨灭的欲望
伴随撕裂的白天黑夜
每个明天，充满不确定性
经过的人群体无完肤
落花的伤痕之上
我总是看到
许多人残存的泪迹
以及身后铺满一地的悔愧
似我，一路歌，一路哭
却必须一路行

等你

我已泡好苦茶，等你
拿着在路边顺手采下的无名小花
迈着风一样的脚步
悄然而临

我想把这苦分享给你
许多年后，这
曾经的苦会化成香
开始弥漫于生活
像你曾经的来
一样自然
铭刻在灵魂深处

桃花恋

溪水来的时候
请准许我规定春天的颜色
这在我的心里
早已珍藏了无数的日子
这些用雪的魂
染成的爱恋
一遍遍
被你们的目光默默抱紧

东风来的时候
请准许我规定春天的味道
天涯海角
必须要有我的芬芳
在你停留的瞬间
我已经在你的心里
我和这个季节
生死相依
正如你们的不离不弃

野生

很多时候，我希望
我的心是野生的

像一棵坚韧的松柏
挺立在最险峻的地方
却不是为了招摇
只是想望一望那些自由的云
和无尽的美丽黄昏

像一粒顽强的白沙
静默在汹涌的潮汐里
却不是为了孤独
只是想听一听那些海鸟的歌唱
响彻岁月的英勇号角

像一片柔软的荷叶

平躺在一泓浅浅的湖面
却不是为了吸引目光
只是想体验一尾鱼的快乐
一滴水的博大宽广

像一只多情的夜莺
飞翔在一片幽深的森林
用心灵呼唤出黎明的灿烂
也引来一段闪耀斑斓的月光
描绘岁月的幸福和艰辛

有时候，我的心就是野生的
如一块岩石，偶尔蒙上一些埃尘
而一阵风雨之后
它又锃亮如镜

春天的十四行诗

冰封的岁月
希望悄悄开放着春天

以恬静的心情
守望你崭新的来临
土地开始解冻的时候
没有眼泪落下

还会有眼泪吗
你最初的那抹气息
已在第一棵绿芽之上
灿烂了整个季节
温暖了所有的心灵

于是在早春的阳光里
微笑共花朵怒放
日子同绿叶常青

春天的十四行诗

花朵开始歌唱
挂在枝头的万紫千红
藏在角落的浅绿淡黄
是你灵魂中的神韵和风情

飞鸟的翅膀缀满远方的亲切
毫不犹豫地抓住我的目光
于白云生处发现新的脉动
它的频率是温暖纯净和蔚蓝

我要歌唱
依然缺少颜色和温度的声音
愿在这一刻写下圣洁的希望
默默与鲜花、云彩、飞鸟一道
循着自由和激情的轨迹
在岁月里无尽地延伸

五月

当目光到达这里
文字正在愉快地飞往天空
这幸福的海洋啊
浪花布满思想的光泽
汹涌在爱与自由之间
脚步不用太轻
声音不用太低
让这些符号
引导孤独安静入港
让这些表情
剥离潜藏的苍白
温暖从你手中滑过
感动就在我心底生起
一夜独坐不是失眠
眼前定格的诗句
已令人富足

2012年12月22日

今天，一束阳光
准时叫醒整个世界
我的眼睛变得新鲜
窗外的人群
明亮地来来去去
四车道的柏油路
也比往常幸福
默默向前方
铺开一个正直的希望
路边的花朵
尽情绽放美丽
对来往的风微笑致意
匆匆的白云
急着给远方的大海
捎去平安的消息
还有一些东西

偷偷溜走了
但它们的结局已注定
将腐烂在泥土里
人们会永远忘记

古老的杏树

我，想去带一片黄叶回来
从第一眼开始
那一地的思念
一直在感动着我

如果可以
我把心情留在风里
拂过树梢之后
伴随你的岁月老去
老在一个如此迷人的深秋

朋友啊
这一树的叶
就是我的目光
在一叶一枯荣的真实里
拾起一沙一世界的痴恋
没人记得我来过
但我永在你的心里

拾起

弯下腰
想在一粒沙上
看清楚
青春消失的脉络
沙很沉默
它不知道
爱情和理想去了哪里
目光、思绪
可以一直追随风的足迹
这拾不起的岁月
能问谁要回来
让我在这里宁静
让幸福
从手中这粒沙开始
尽情地展开
许多年后

我将回忆这里
记起这片海
在一个孤单的冬天
温暖过我

苏醒

没有包围能坚持到最后
沉重也不会成为牢笼
有一丝阳光照进心里
我便要醒来

不是因为风温柔的呼唤
不是因为雨多情地滋润
这是坚定的醒来
没有熔岩的激烈
不求霞彩的五光十色
醒来是为了一种爆发
在刹那将温暖留在人间

游走

这些奇怪的雨
用没有温度的节奏
淋熄了我眼中的远方
不能随着路转弯
视线，自行寻找归宿

理想在风里蒸发
这时，我需要静止
匍匐成大地的高度
看吧，相同的雨
竟然在我贫瘠的身上
浇灌出一个富饶的春天

哦，原来我的高度不是山
仰着的灵魂真累
回归了……

一只鸟的飞翔

天空蔚蓝
一朵云的内心
总是收藏着
许多寂寞的目光
那些白的、蓝的、黑的
多彩的飘动
并没有赋予岁月
太多的意义
此刻，从一只鸟的路过
我提炼出
今天的生动
而我那些曾经的路过
又让谁的心灵
悄然泛起过一丝轻微的涟漪呢

苏醒

这一场雪覆盖得太久了
无数的日子
每片雪花都还有晶莹的寒冷

聚集了所有的力量
突破这沉重的冰封
一棵草探出了怯怯的头

雪就在它的脚下
这是一抹骄傲的绿色
春天苏醒了

落花

请给我
一朵童年的槐花
让我
在那清凉的芬芳中
恬静、温暖、自由地呼吸

温暖的黄昏，深刻了
我们炽热的岁月
而此时，只能怀念
爱情在风里如一片云烟散去

我一直在角落里
静静地倾听寂寞
而今夜的月色
为何拒绝我的目光
宁愿在秋风里
悲伤成一首无声的歌

自嘲

在岁月中穿行
一路涌动的迷惘
撕扯得理想好累
人生
这个该死的舞台
观众坐满的时候
主角却在幕后徘徊
该用什么交代
这些翘首的目光
必须咒骂时间
那么多动人的灵感
竟然被生生逼着
憋成了屁

飞翔

被山举起
被云牵引
被风雕刻
——我
站出一种
感动自己的高度

这些静默只属于我
这些色彩只属于我
这些光芒也只属于我
目光所及，四野一派肃穆
我就是一株长在山顶的草啊
孤独挥洒四季的禅意

请别吵醒这山
山巅已酝酿出一对翅膀

请别惊动这云

云朵已展示完一次飞翔

请别打扰这风

风里已成熟了一种自由

幸福

你躺在世界最低的地方
撕扯，呐喊，疯狂
痛苦躺在你的脚下
沉没，消散

行祉

我想静听
雷声连着战鼓，震颤了什么
多少无辜的血液
浸在这细小的骨片里
而血迹早已干涸
一切化为惨白的秘密

我在想象
这字里行间，是否藏着
在水一方佳人的容颜
以及她手中野花的芳香
但，刀痕累累的方寸之间
了无浪漫的气息

行祉绝于五千年前
这破旧的骨头

已寻不出些什么了

在这白色骨头上

我沉默了片刻

思想便草草结束

小灯

暗淡中
一种恣意扑面而来
激情被打开
这些文字
犹如疯状的呐喊
从心底
歪歪斜斜
飘向遥远的北
这时候
一种微笑绽放了
所有的寒风
融化

诗

我一直拒绝
从别人那里为你借取
华丽的色彩
明亮的光芒
精巧的结构
因你早被我允许
带着张扬的自由行走
带着疏狂的个性迷茫
带着炽热的激情奔放

如果这些都不是你想要的
就请让我谦卑地站在百般驳斥中
留下些倔强的孤独
一个沉默的背影

下午

阳光很暖，人们却在讨论，谁疯了
我看见每个冒出的字都在流泪
流出的泪，却浇灌了无痕的荒地
这片从未开垦过的土地，将生长怎样的诗意

阳光的温暖也被泪打湿，在角落里回忆五月的风
风中那些幸福和悲伤，被谁重新抱在怀里
温柔的文字，静展灵魂的一种纯净
里面的疯意是执着，为了爱情
不知是已失去的，还是未到来的

阳光疯了，爱情疯了，诗歌也疯了
这个下午，所有人微笑着说

缠绕在窗前的风

年轻时
我们都是一群被宠坏的孩子

把春天和冬天，涂抹成另一种不认识的颜色
把青春和理想，描述成另一个不熟悉的场景
我们站在凛冽的寒风里
却强迫自己在心底展开黄昏的温馨
我们漫步在柔软的草地
却仿佛行进在响彻着号角的战场
我们无理取闹，疯狂叛逆，撕下伪装，歇斯底里

而现在
我们也是一群最真实的孩子

在某个明亮的夜晚，从简单的意象
想起羞涩的牵手，慌张的初吻

第一次奇怪的失恋，曾经值得纪念的真爱
也许，这静静缠绕在窗前的风里
有母亲的等待，父亲的嘱咐
也有娇妻的守望，儿女的期盼

今天
我能想到的都怀念了，我能怀念的都写下了

下雪了

松树是一些静默的音符
流淌一夜的衷情
白色的温暖，满山遍野
不属于任何人

原野里撒欢的女儿
比春天开得更早的花
更纷纷扬扬
灿烂成诱人的红色

冬的情节

季节的朝觐者
正在走来，他的足迹
静默成路边柳树
一行行的孤独
迈向岁月的深处

季节的朝觐者
正在经过，他的微笑
肃穆成池中枯荷
一圈圈的寂寞
迎向冰冷的寒风

季节的朝觐者
正在离去，背影如雪
凝固一冬的情绪
一片片的萧瑟

在雪地融化成春天的希冀

季节的朝觐者
已经远逝
我窃取了一丝晶莹
在纸上胡乱涂抹
情趣生硬，情感盎然

我会是一种芳香

我是想抓住风的，而我的脚步
却只愿在风的身后
穿过去又能遇到什么
也许我的眼睛什么也不会找到

留住我脚步的，是无名的花香
风走远了，随意地漂泊着
我也是自由的了
像一朵发着淡淡香味的花

所有的梦想
随着时间的消失
会成为一种幸福
或者成为一种惆怅
而在某个夜里
我们会想起曾经的一种花香
或者在某个时刻
发现自己就是一种花香

雪

过往的人
留下匆匆的脚印
我们却将遥远的情感
在白色里深藏
片片堆积
就如无数的手
轻轻执在一起
这个冬天
请把悲伤和快乐
填满岁月的缝隙
梅花也许开得很晚
每夜都在枝头
温柔地静静绽放
今夜的风重
我却必定
记住你们暖暖的身影

月光

今夜
在你的诗里
躲着一个天使
需要一些
纯真的情感
建起一个圣洁的舞台
于是
我用目光
迎接她的来临
天使开始起舞了
舞着年轻的梦想
舞着带泪的爱情
所有人懂了
月光
是一首永恒的诗
而你的诗
就是永恒的天使之心

遥远

或许有一种光
速度是永远追不上的
半息之间
能触摸到宇宙之间所有的灵感

属于我的和不属于我的
何时才有一个清晰的界定
有根的草自有一种缠绵的美丽
无依的花飘散着自在的气息

没有开始也没有尽头
遥远并不是可怕的距离
转身就已经看到
明天会是一个很好的天气
我会很幸福地微笑
思考脚步与路的关系

沉默

一直在努力
让思想
抵达肃穆的山
挺立于一种广阔
让灵魂
溶入寂静的水
蜿蜒于一种静美

从未到达
也从未止步

高原

大山之巅，千层雪就是最美的花环
覆盖着虔诚的心，震颤的脚步
落幕在这里的灵魂，涂满了圣洁之色
一沉到底，随着岁月安静地悠远

弧形的天空，弯曲的河流，平直的旷野
谁都可以，像风一样温柔地路过
沿途刻下的梦想，仿佛蓝莲花
在阳光下闪闪发亮
谁都可以，跋涉得像一只激情的鹰
从各拉丹冬到纳木错
翅膀挂满了大地的葱绿，季节的妖娆

如果，你是一个多情的诗人
或者，你是一个善良的行者
即使在高原最高的地方
梦想，不会冰冻
爱，不会冷

怀念童年

夜深了，请给我一片故乡的月色
让我在屋角那束小小的草丛里
怀念出儿时的丝丝温馨，我爱奔跑
曾经压弯过草丛柔软的绿色
春天随着我不经意的跌倒
给我粘满一身多彩的温暖

春天里，花儿滴下的朵朵露珠
令我朦胧的心，永远充满
同样一尘不染的晶莹
不知在哪个春天的阳光中
于窗台前挂上的自制小风铃
早已静静地褪去了迷人的紫色
而那些响彻了整个童年的叮咚声
一定还在让谁轻轻地展颜而过

每一天，我忘乎所以的笑脸
起伏在悠闲的大街小巷
往返于绚丽的黄昏和皎洁的月夜
让经过身旁的陌生人和熟乡亲
苍老的皱纹深深浅浅地舒缓开来
眉间发自内心的片片爱意
融化成唇边的欣喜，涟漪般荡漾成
声声简单的亲切问候

多少年，时光轻易把我的生活
酿成一杯充满快乐和悲伤的烈酒
而我，唯有在不断飘然而逝的日子里
拼命地呼吸那些淡淡的幸福和哀愁
然后，寻个明朗的月夜，或者温馨的摇椅
恬静而又自由地闭上眼睛
贪婪地怀念童年，怀念天真
怀念一切消失已久的怀念

怀念不如相见

我们还是来迟了
你沉重的脚步
已在一秒钟之前离开
空气里唯剩你的叹息
那是你心灵哭泣的声音

走的时候
你一定没有说再见
这是你伤心的地方啊
你悲咽的双唇
述说着千万种无奈

你来过我们的心里
我们却忽略了你地存在
你终于悲伤的离开
泪水滑下你的双眼

永远淋湿你的心

我们愤怒
是什么破碎了你的梦想
我们痛恨
没有认真触摸你的心
但一切已于事无补

带着深深的伤痕
无助地走在风雨之中
面对异乡的人来人往
却感受不到一丝温情
此时，你一定很孤独
偶尔睡去的夜晚
你梦见的云朵
依然是故乡的颜色
洁白还有一点淡蓝
你想抓住却带着泪痕醒来

异乡的雨滴
又怎能洗去你的哀愁
请回头望一眼吧
有无数的眼睛
还在关注你的身影

即使走到天的尽头
你的心还是在飘零
不要只顾向前
真的，怀念不如相见
我们盼着你的归来

辑四 酒之歌

我爱喝酒

怀着对故乡的敬仰
我举杯
一杯饮尽对父母的思念
二杯饮尽对妻儿的挂牵
三杯是一种祝愿
我看到了酿酒人的笑脸
希望永远都是相同的豪爽

我爱喝酒
在春天对着落花
在夏天对着夕阳
在秋天对着明月
在冬天对着飘雪
三杯就够了
可以融化所有的心情
可以醉到所有人的目光

茅台诗人

我们是平凡的
没有空杯留香的神秘
今天，我将以赤水河的透明
为所有人献上一支歌曲

这里的酒与诗
是另一条幽雅的赤水河
没有可叹的壮观
源头也只是默默无闻
而芳香
千百年前到亿万年后
依然充满一种绵长
它来自透明的赤水河
我们是赤水河哺育的
心里永远只有相同的透明

酒与诗人的透明
是一种简单的深沉
不是因为单纯
而是缘于一种洁净
轻易地就看到了底
却无法测出它的深度

所有人都明白
茅台酒是赤水河最壮丽的诗
而很少有人知道
我们的诗
是茅台酒芬芳的一个因子

月光之约

不要一亭一桌
月光下的每个地方
都是我们的凤凰台
来自远古的悠悠箫声
系着两颗心灵的憧憬

诗是酒杯
散文是酒杯
装着你的深情之邀
盛满我的欣然之践
清香的，是对人生的禅悟
浓烈的，是与命运的抗争
平和的，是给灵魂的自由

将每个悄然而逝的日子
连着清凉的月色一起饮下

醉意朦胧，心情舒展
遥远的祝福扑面而来
久久地萦绕在身旁
这是我们的思念
化作了朵朵白云
停留在彼此的天空

于是，我知道了
荡漾在你脸上的微笑
充满千万种迷人的色彩
胜过晚风中春花的艳丽
胜过夕阳下白雪的纯洁

于是，你明白了
我依然在天涯海角
无畏地追逐永恒的梦想
你想起了我们非誓的约定
便以月光为手牵着我的心
让我坚强的背影令天地动容

今夜，月色如水
不止不息的滴滴温柔
一泻千里地流淌
是为自己迈开脚步

今夜，月意如雨
满山遍野的点点清愁
无边无际地弥漫
是为别人怆然滑落

今夜，月光如诗
饱含着唐时风宋时雨
也连着未来的某个传奇
是为永恒偶然萌生

那么请别忘了
此时，让我们举杯
将所有的感动一饮而尽

此生，让我们举杯
将人生的意义细细品味
永远，让我们举杯
亿万年后重逢
是此情不灭的延续

站在茅台的山上

站在茅台的山上看世界
看不到纽约的车水马龙
看不到巴黎的满街浪漫
也看不到悉尼的大海蔚蓝
而天高云淡里
自有一种千年的幽雅细腻

所有的风
都从自由的地方吹来
灿烂的阳光
也在最温暖的地方升起
路边草尖上的露珠
是飞天舞神裙边的晶莹之坠
而那美丽的赤水河
是最明亮的珍珠拼命挤在一起

一在这里落地
便已经悄然生了根
我可以成为骄傲的人
但只用一种乡野的调子
唱着清新的歌谣
脸上始终挂着平静的微笑
然后慢慢老去

赤水河

完全不属于这里的离开
对一种芳香的思念
令我们脆弱的心灵破碎

父亲的一生
可以不属于这里
脚步却从故乡一直迈过来
从此再也没有离开
每一个风风雨雨的日子
交给了这片深情的土地

之前所有人的一生
可以不属于这里
赤水河的涛声
是一种神圣的召唤
太阳般的身影

从四面八方涌来
传承了圣洁的辉煌

我们的一生
可以不属于这里
而父辈们种下了希望
我们的根就永远扎在这里
我们想看到
那希望开出一朵花，无数朵花
而花的颜色
骄傲地充满了我们灵魂的色彩

这是茅台

不只是酒
空气中也散落着醇香
一棵树的一条枝丫，一片叶子
或者是不知名的野草
甚至是脚下的土壤
都有一种绵长的馥郁
千百年来，多少人的眼睛
望向大地，望向苍穹
望进历史的深处
探寻这里夕阳的微红
为何也泛出迷人的醉意

不只是水
岸边平凡的鹅卵石
也满是神奇的幽雅
这又是谁的双手的抚摸和浸润

一代人，或者一代又一代的每个人
让石头上细腻的灵动
一瞬间就抓住所有人的目光

一切你都不必惊奇
闻香而醉
临水忘返
这就是茅台

水中的思绪

没有千年的垂柳可以倒映
然后
成为一幅王维笔下的情趣图
弯弯曲曲地流转中
只有深沉厚重的历史积淀
静悄悄地与白云对吟
赤水河很简单
一河的灵秀凝聚成一种神奇

但没有人能读懂
赤水河神秘的思绪
匆匆而过的人自不必说
驻足流连的人也只不过
望着沙滩上依偎的两个身影
回忆以前自己坐过的地方
自由的石头还那样温暖与否

曾经有多少鸟儿的翅膀
粘满了阳光的颜色
曾经有多少鱼儿的水泡
升起过自由的歌谣
万年的相濡以沫
却饱含万年的迷茫
缘于它们也不能读懂
赤水河神秘的思绪

有人说看见了它的美丽
有人说听见了它的快乐
都宛如很轻的涟漪散了开去
或许它本没有什么思绪
也并不需要一种刻意的读懂
就像它一直默默地流着
却从不感到孤独

风中的祭奠

一排用手抠出来的石窝
曲折地向上延伸
消失在云中不见
这是一份无比巨大的沉重
用血和汗诠释背盐的生活
石窝的深度
就是生活艰辛的程度

我听到
比石窝还坚实的
是背盐人铿锵有力的号子
我看见
比石头还坚硬的
是背盐人百折不挠的双手
我领悟
比绝壁还坚挺的

是背盐人永不弯曲的脊梁

不用有膜拜的心情
站在第一个石窝前
就能听到一种坚强的呼喊
这是一种狂放的声音
瞬间穿透茅台镇的历史
恒久震撼人们的心灵

感悟茅台

可爱的土地
所有人都能听到你深情的呼唤
我们无比洁净的内心
早已被你神圣的灵魂充满

可爱的土地
你的希望关于一种圣洁的芳香
不起眼的红高粱和黄小麦
打开了我们平凡的一生
延续了你几千年的辉煌

可爱的土地
我们的一切都属于你
只有一种颜色的人生
同样令我们毫无保留地骄傲

赤水河

赤水河的脸颊是红色的
千百年前就醉着

赤水河的醇香是迷人的
亿万年后还芬芳着

我懂得水滴的渴望
贮存于坛子里
充满于瓶子里
这是一种幸运
赤水河的每一滴水
并不渴望大海的归宿

我了解浪花的梦想
不愿属于蓝天
不愿属于大地

这是一种执着

赤水河的每一朵浪花

情愿洗去酿酒人的汗迹

茅台酒节之祭水

——献辞

仰望
以比泰山还要绝世的姿态
洞穿茫茫苍穹
你悠久的醇厚
沉淀并勾兑出国粹
令我们只能无言而立

缅怀
以比东海还要浩淼的情怀
追忆卓越的风采
你绵长的馥郁
发酵并封存了历史
令世界为之轰然动容

——水魂
向前流动
才是忠于源头

每一朵浪花
就是一个优美的故事
弥漫甘美之的芳香
每一片涛声
就是一个动人的传奇
散发着怒掷振国威的绝响

——酒魂
只要淡淡的一滴
便可以羽化成仙

横槊的枭雄
为你的绝代而赋
歌声穿越千年的时空
姗姗地来到我们的眼前

诗的精神亘古不朽
酒的魂魄溢满五洲

——人魂
第一滴汗落在红土地
最后一滴血流进赤水河

没有博大的情怀
怎能酿出举世称颂的极品
没有包容的精神
怎能让茅台酒香飘千年
奉献是一首最美的诗
永远响彻每个角落

茅台之晨

终于
在神醉了一夜之后醒来
小草微笑着注视
今天的太阳
以不同何时何地的美丽升起
是绽放在曙光里最绝世的奇葩
茅台之晨幽雅地来临

而我要向您抒情的，还有
骑车的，步行的
匆匆行走在阳光里的人
这是茅台之晨里
灿烂了多年的一道风景

太阳给我们以温暖
我们给茅台以希望

水

是从一种祭奠开始的

所有的水
饱含无尽的痛、悲、失意
在远古时空呼啸而过
弯曲地流，垂直地跌落
没有终点，却一往无前

古，今，只是不同的维度
无法丈量的气节
如刀光剑芒
却斩不尽垂暮病气
意义在于将坚贞
刻在灵魂上传承

一些思想、爱、忠诚

隐蔽在这水里
酝酿，升华，汹涌
揭示当一个人逝去了
就有更多的人
正在赶来

心里这一滴水
一直是纯净的，坚硬的
仿佛血脉，仿佛希望
永无止境
让古老的大地广阔
让巍峨的高山挺立
让无涯的沧海源远

也是从一种祭奠结束的

千年的幽雅

古老的大地永恒地盛开着一首壮美的诗
辽阔的天空沉浸在洁净的意境
蜿蜒的群山起伏着巍峨的节奏
茂密的树是一排排站直的华丽词语
温馨的风和温情的雨
温柔的月光和温暖的阳光
快乐的飞鸟和自由的白云
厚重的红土地和透明的赤水河
热情的红高粱和幽雅的黄小麦
或者每一栋平凡的房屋和每一条乡土的道路
以及茅台人赤诚的情怀和满腔的热血
都是诗里一个个不可缺少的神奇意象

茅台的老厂房

黄昏将近
我遇见了你的暮年
风还在这里做客
你也只有
这样一个穷困的哥们儿了
旁边那棵正直的树上
一些略带醉意的鸟正在自由地啁啾
落下的简单词语
是我从小就想说的话
瓦房
夕阳
黄桷树
以及我眼前和身后的一切
都老了
而我零乱的文字
还有一抹春天的记忆
这是我将要给你的
最后的礼物

茅酒神颂

聆听滔滔赤水
汉时的枸酱之香
长长萦绕于心中
怒掷振国威的声音
久久回旋在耳际

千百年前
你以你的智慧和勤劳
创造了令世人
赞叹不已的奇迹
壮士为之解甲
英雄为之横槊

千百年后
你依然以赤子之心
忠诚守望着国酒事业

在岁月的风雨里
稳步向上，向前
将一个又一个的辉煌
无言库存在历史长河里

繁花绿叶之中
你以平常的姿势
站出永恒的伟大、神圣
让人仿佛感受到
太阳炽烈的光芒
浑身澎湃的激情

对于茅台酒
你比谁都无限情深
你和茅台酒一样
没有华丽的外表
依然不会影响绝世的豪情
随着壮美的英雄河
流遍世界的每个角落

啊！茅酒神啊！茅酒神！
古镇两千年的沧桑
是刻在你脸上的悲壮
国酒两千年的飘香
是你留给历史灿烂的笑颜

啊！茅酒神啊！茅酒神！
我要把心中最美的歌献给你
巍巍青山，是你永远不屈的脊梁
滚滚浪花，是你永不停止的脚步

茅台

在高原深处沉默
你的品格同阳光一样纯朴
真实、自由、温暖
当然，还有酒
迎着朋友的微笑里，分别时的拥抱中
不论是文化，还是你的热情
每个人都不得不醉，也不能不醉

到历史中去
也有驼铃，也有马蹄声
还有背盐号子，更有船工的渔歌
撑起过你的灵性，如诗如画
之后，如闻在耳的连天炮火
独得安闲的平静岁月
都刻在大地之上
也刻在每一代人的心上

到生活中去

仿佛每个人

自小就与山为邻，与水为友

以酒为知音，不经意间

总能轻易把快乐从黄昏进行到深夜

把真诚从童年生长到暮年

也许，风是记不住的

云是记不住的

但，岁月一定是记得住的

越过世俗和繁华

就必然能渐渐抵达你

或者是默默回归于你

并以此为幸

后 记

有一些发自内心的感谢之语，不得不说。

产生出版这个念头的原因，是想要在这个不上不下的年纪，做一件有纪念意义，且还能感动自己的事。

刚开始心情是十分忐忑的，毕竟不知道自己是不是有那样的水准。在平时的生活中，缘于一直以来的爱好，读过不少的诗歌，对于能出版的诗歌，需要达到什么样的水准，心中还是有一个模模糊糊的感觉。交给仁怀市文联主席周山荣兄过目之后，给出了十分中肯的意见，也尽了最大力的帮助。

这坚定了我的一点信心。

经过几次认真的修改和整理之后，就是找出版社商谈相关事宜，期间又得到了好友程胜兄和新华社李双龙兄的关心。

这一帆风顺是他们带给我的。

在此一并致谢了。

2020 年 12 月 1 日于北京